KB015599

우리가 시간이 없지,
시가 없냐?

○ 문정 · 임강유 시집

우리가 시간이 없지,

시가 없냐?

MUSE

시(詩)간 여행, 첫 번째 이야기
(문정(시) / 클로드 모네(명화))

시(詩)간 여행, 두 번째 이야기
(임강유(시) / 빈센트 반 고흐(명화))

문정

×

클로드
모네

일상에서 문득 떠오르는 소재들로 시를 썼습니다.

시가 무엇인지 쓰면 쓸수록 모르겠습니다.

그래도 내가 쓰는 것이, 말하고자 하는 것이

무엇인지는 알기 위해 노력했습니다.

어쩌면 시답잖은 글일지도 모르겠습니다만,

적어도 '시'답지 않은 것은 아니길 바라며

글을 써 내려갔습니다.

소라 껍데기

까마득하고도 아득한 터널을 걷는다.
나와 당신은, 우리는
뜨거운 뙤약볕 아래를 걸었다.
파도 소리가 우리를 집어삼킬지언정
당신의 눈동자, 향기, 숨결, 목소리.
당신의 모든 것이 나를 집어삼켰다.
한때 그렇게 당신을 갈망했던 나는.
그렇게 종일 아득한 터널을
하염없이 걸었다.

클로드 모네
문정

트루빌 해변 / 클로드 모네 / 1870.

19세기 유럽, 모네가 카미유와 결혼 직후 방문한 노르망디의 트루빌 해변. 왼쪽은 카미유, 오른쪽은 그녀의 여동생이다.

가
식

서로가 거짓으로 치장한 채
만남의 광장에서 모이자.
그러면 우리도 모르는 새
비둘기가 날아와
비틀어진 심장을 덮어줄 것이니.
보라, 이제 모순의 광장이 되었다.

클로드 모네
—
문정

카푸신 거리 / 클로드 모네 / 1873.

19세기 파리, 사진작가 나다르의 아파트에서 그린 카푸신 거리이다.
모네 자신만의 인상주의 특유의 기법이 눈에 띈다.

항
해

나아가자, 나아가자

성난 파도에

용맹한 노는 칼이 되고

거센 바람에

슬픈 항만의 어머니 젖은 치마

돛이 되어

나아가자, 나아가자

칠흑 속 광란의 파티는

배의 허리를 가르며 솟을

태양을 위한 것이니

나아가자, 나아가자

이물과 고물을 가로지르는

희로애락이여.

클로드 모네
문정

에트르타의 요동치는 바다 / 클로드 모네 / 1883.

모네가 가장 사랑했던 도시 에트르타.
그는 에트르타의 바다와 절벽을 그리는 것으로
이곳에 대한 사랑을 표현했다.

어릴 적 크레파스

동강동강 잘러버린
수많은 예술가들의 손가락이
가지런히 담겨져 있는 가방을 받아들고선
피카소를 꿈꾸던 그 시절이.

베레모를 쓴 자화상 / 클로드 모네 / 1886.

내리쬐는 햇빛은 무성한 나뭇가지 사이를 비집고 나와
쉴 새 없이 이마를 두드리고
송골송골 맺힌 이마의 땀 위에 살며시 내려앉은
부드러운 바람에 시원해진다.

시원한 개울가의 시냇물 소리
시원한 새들의 지저귐
만물이 푸르디푸른 어느 한 여름날.

자전거를 타고 거니는 한여름의 풍경은
맑고 파란 하늘의 퇴적운이 만든 거대한 하늘성만큼이
나 경이롭다.

문득 떠오르는 그 사람과의 추억.
모기향처럼 뭉게뭉게 피어오르는 그 사람의 얼굴은
이윽고 따가운 매미소리에 산산이 흩어져 버린다.

알 수 없는 그리움에 뜨거워진 눈시울에

다시 흘러가는 소소한 추억들이.

곱게 접은 종이배에 그것들을 담아
조심스레 띄어보낸다.

어린아이와도 같은 변덕에 그 뒤를 쫓아가지만
이내 놓아주고는 그 뒷모습 점점 작아져가니
문득 올려다본 하늘은 여전히 푸르기만 하다.

*히사이시 조의 〈One summer's day〉를 듣고 쓴 시입니다.

노트르담 고원에서 본 앙티브 / 클로드 모네 / 1888.

새
해
는

옴(Ω)

옴(Ω).
어둠을 뚫고
무겁게 짓누른
하늘꺼풀을
힘차게 들어 올려라.
옴(Ω).
실낱같이 뜬 눈에서
새어 나온 여명이여.
완벽한 옴(Ω)이 되어
함께 나아가자.
옴(Ω).
숨이 차고
고통에 휩싸여도
굳게 저항하리라.

*전기 저항의 단위 옴(Ω)의 모습이 마치 바다 위에 해가 떠오르는 모
양 같다는 생각에 지은 시입니다.

클로드 모네
문정

인상 : 해돋이 / 클로드 모네 / 1872.　인상주의라는 말을 탄생시킨 모네의 대표작. 빛과 그림자, 뚜렷한 형상을 있는 그대로 표현하려는 그만의 미술 철학이 고스란히 배어있다.

가을 끝자락에서

차가운 바람에 흩날리는 낙엽처럼
흩어져만 가는 가을이
못내 아쉽기만 합니다.
추운 겨울이 싫은 것은 아닙니다.
그저, 뜨거웠던 그 지난여름처럼
가슴속 뜨겁게 솟구치던
알 수 없는 아픔과 연민, 그리움들이
차가운 계절에 흩날려 사그라드는
못내 아쉬운 이유라는
그런 궤변에서 비롯된 것인지 모르겠습니다.
그러나 들어보세요, 느껴보세요.
성큼 다가온 겨울의 휘파람 소리를
길가에 나뒹구는 낙엽 으스러지는 소리를.
아직도 한창 붉게 피어나는 단풍의 속삭임을.
모든 것이 지나가는 이 순간을
그저 슬픔으로 흘려보내기엔
너무도 아름답습니다.

클로드 모네
—
문정

아르장퇴유의 가을 / 클로드 모네 / 1873.

보불 전쟁으로 런던에 피신했다가 1971년에 귀국한
모네는 아르장퇴유에 5년 정도 머물면서 계절에 따라
변하는 주변 풍경과 센강을 충실히 그렸다.

길은 발자국을 먹고 산다

누군가 그랬다.
길은 발자국을 먹고 산다고
밟히고 뭉개지는 아픔을 먹고 산다고
상흔이 뚜렷해질수록
그 존재가치 또한 더욱 선명해진다고
그래서 상처라고 모두 아픈 것은 아니라고
누군가 그랬다.

클로드 모네
문정

숲속 오솔길 / 클로드 모네 / 1876.

그대를 만날 때면

지그시 눈을 감는다.
그리고는 이내 얕은 물가에 첨벙대는 아이가 되어
그대를 그려간다.
그 간지러운 얕고 잔잔한 물가의 일렁임으로
그 작은 참새 가슴처럼 콩닥거리는 소박한 설레임으로
그대의 모습 조심스럽게 어루만지며 하나하나 그려나가다
그대의 좋은 향기가 놀려대는 코끝의 간지러움에
조심스레 눈을 떠보면,
어느새 완성된
그대의 웃는 얼굴.

클로드 모네
문정

파라솔을 든 여인(카미유와 장) / 클로드 모네 / 1875.

모네가 부인 카미유를 모델로 그린 작품들 중 가장 자연스럽기로
유명한 작품. 따뜻한 햇살 아래 서있는 카미유와 엄마를 바라보는
아들의 모습에서 가족에 대한 그의 사랑이 느껴진다.

신호등

잠깐이나마 내 사람인 줄 알고
붙잡아두었지만 그는 그렇지 않았다.
나를 스쳐 지나간 모든 이들은
언제라도 떠날 준비를 하였다.
그리고 그럴 때마다 시원한 웃음으로 이별하였다.
그것이 나의 삶이었음을
그것이 나의 숙명이었음을.
하루에 수만 번 가슴속에 되뇌었다.

클로드 모네
문정

생 라자르 역 / 클로드 모네 / 1877.

모네는 이 장면을 그리기 위해 생 라자르 역
역장에게 찾아가, 기차가 30분간 증기를 뿜는
상태로 정차하고 승객들의 통행도 제한해줄 것을
부탁했다고 한다.

아이스크림 추억

후딱 발가벗겨 입으로 가져간 아이스크림.
사르르 녹는 아이스크림.
스르르 입에서 코로 달달한 메론향
퍼져가고
그 목 넘김에 달콤한 추억 스르르 새어
나온다.
눈이 올 리 없는 마을의 하얀 겨울밤
웃음이 끊이지 않던 어린 시절의
함박웃음들과도 같은 함박눈이
내렸더랬다.
누구보다 잘 만들겠다며 그 함박웃음으로
밤새 공들여 만든 눈사람
다음날 슬프게 녹아내린 그 모습에 펑펑
흘리던 눈물
그 하얀 눈과도 같아서 아무 맛도 안 나던
그 눈물.
이제 흘리는 눈물은 짜다 못해 쓰기만 한데,
앞으로 흘릴 눈물의 맛은 어찌 감당할 수

클로드 모네
—
문정

있을런지.

어느새 시원한 속살은 어디 가고 앙상하게 남은

뼈대만이 입안에서 놀아난다.

눈치 없는 혀는 벌써부터 단맛이 그립단다.

결국 아직 남아있는 단물이 아쉬워,

그날은 하루 종일 아이스크림 막대기를 입에 물고

다녔더랬다.

아르장퇴유의 설경 / 클로드 모네 / 1875.
모네는 아르장퇴유에 머물면서 눈이 내린 풍경을 즐겨
그렸다. 은백의 세계에도 빛과 그늘이 있음을 깨닫고
설경을 그리며 그 미묘한 뉘앙스를 그림으로 표현했다.

노란 국화의 꽃말

단 한 번, 단 한 번이라도
나를 이긴 하루가 있었다면, 그것은 감히
숱한 어제보단 나은 삶이었을 터인데.
훗날 나의 영정 사진 앞에
노란 국화 한 송이라도 쓸쓸히 놓여있다면
그보다 비통한 일 또 있을까.

*노란 국화의 꽃말은 실망.

클로드 모네
문정

국화꽃 / 클로드 모네 / 1878.
모네에게 있어 색채를 보다 선명하고 순수하게 표현하기 위한 가장 적절한
소재는 꽃이었다.

별처럼 아스라이 멀어지면

사람이 별처럼 아스라이 멀어지면
비로소 헤아릴 수 있는 것들이 있다.
그것은 밤하늘의 별들을
헤아리는 것보다
그리운 일이어서
슬픔은 은하수를 따라 걷는다.
후회는 지난날을 따라 걷는다.

클로드 모네
문정

임종을 맞은 카미유 / 클로드 모네 / 1879.

모네의 첫 번째 부인 카미유는 둘째 아들 '미셸'을
출산한 그 다음 해인 1879년 9월 5일, 32세의 나이에
자궁암으로 사망하였다.

화
분

마치 들꽃 같은 당신을
나는 차마 담을 수 없었다.
그럼에도 당신은
내게 내려앉았다.
기꺼이 나의 좁은 가슴을
포근히 안아주었고
그렇게 나는
당신의 화분이 되었다.

클로드 모네
─────
문정

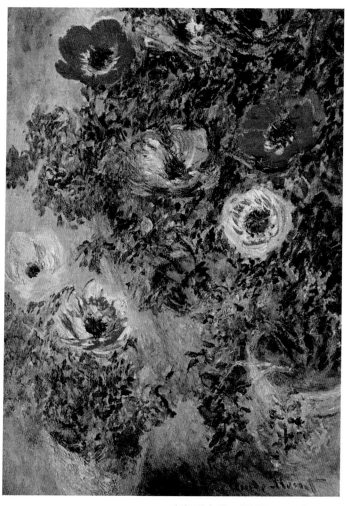

아네모네가 있는 정물 / 클로드 모네 / 1885.
모네는 생전에 이런 말을 했다. "나는 항상, 반드시 꽃을 갖고 있어야 한다."

와인의 언어는 향기다.

정중한 인사를 나누고
들이마시는 언어에는
그동안 살아온 일생이 담겨있다.
오래된 언어에는 깊은 맛이 있다.
눈으로 읽은 붉은 침묵은
위대한 겸손이었다.
와인의 언어는 향기다.
와인의 언어에 입을 맞추면
나의 심장도 숙성되는 줄로만 알았다.
나는 죽어도 와인 같은 사람이 되고 싶었다.

클로드 모네
⸺
문정

샤이, 풀밭 위의 점심 식사 / 클로드 모네 / 1865.
모네는 밀린 집세를 담보로 그림을 집주인에게 맡겼던 적이 있었다.
한참 뒤인 1884년에야 되찾을 수 있었지만 창고에 아무렇게나 방치된 탓에 심하게
훼손되고 말았다. 그가 다시 작품을 복원하는 과정에서 작품은 세 조각으로 나누어졌고,
이 작품은 그중 하나이다.

밥알을 종일 읽었습니다.

우리 저 밥알처럼
진득하게 붙어있자.
뜨거운 우리 식어서도
저 밥알처럼 하나가 되자.
그동안의 당신과 나는
얼마나 많은 대화를 나눴던지
얼마나 많은 약속을 다짐한지
얼마나 많은 나날을 함께한지
홀로 남은 식탁에서
밥그릇 속 밥알을
종일 읽었습니다.

클로드 모네
문정

점심 / 클로드 모네 / 1873.   색채를 성공적으로 배합하고 길고 가는 붓질을
사용한 점은 르누아르의 작품을 연상시킨다.
프랑스적 삶을 훌륭하게 표현한 작품 중 하나이다.

깊은 눈동자

제가 모르는 저의 눈동자는
너무도 깊어서
당신을 수없이 담아도
결코 채워지지 않습니다.
당신의 눈동자 또한
그리도 깊습니다.
얼마나 많은 제가 들어서야
당신의 그 깊은 눈동자를
채울 수 있을까요.
분명,
서로가 서로의 눈동자에 가득 차
눈이 멀고, 심장이 터져버린다면
우리의 끝은 영원일 것입니다.

클로드 모네
문정

블랑슈 호슈데의 아이 때의 초상 / 클로드 모네 / 1880.

작품의 모델은 모네의 첫 부인 카미유가 사망한 뒤,
두 번째 부인이 된 알리스의 딸 블랑슈이다.

찬바람이 불기 전에

당신의 입가에 머문 찬바람이
관통해 가슴을 식히면
자물쇠 보다 더욱 단단한
그 얼어붙은 심장 때문이겠죠.
찬바람이 불기 전에
저는 돌아설까 합니다.
밖에는 찬바람이 붑니다.
가로수가 휘날리고
도시가 울렁이고
분명 쉽지 않은 길입니다.
그러나 돌아서야 합니다.
당신의 고운 입술이
찬바람을 속삭이는 것은
그토록 잔인한 일이기에.

클로드 모네
문정

루이 조아킴 고디베르 부인, 마그리트 마르셀(1846-1877)
르 아브르 협상가의 부인 / 클로드 모네 / 1868.

이 작품에서 모네는 전통적인 초상화의 규칙들을 위반하고
있다. 여인은 관람객으로부터 등을 돌리고 서있는데,
이는 당시 그가 심리적으로 모델을 특징 있게 표현하기를
거부했다는 것을 보여준다.

커피

머나먼 타국의 향기에는
이름 모를 그리움이 있다.
가보지 않았건만
그곳엔 한 모금 한 모금
그들이 배어있다.
노스탤지아.
삶이 고달프고 혹독할 때
나는 언제나 있지도 않은
고향을 음미하곤 했다.

클로드 모네
문정

티 세트 / 클로드 모네 / 1872. 청화백자 티 세트와 그 아래 깔린 붉은색 쟁반 그리고 다마스크 식으로 직조된 린넨이 인상적인 작품이다.

모니터일 뿐이다.

맹수의 눈은 잔인하다.

맹수의 관념에 투영된 먹이는

이미 그 속내를 훤히 드러내고 있다.

철저히 눈으로 해부되어 비춰진

나약한 부위는

맹수의 저녁 만찬에 어울릴 반찬일 뿐이다.

어제는 속이 빈 먹이가

자신의 빈속을 채울 먹이를 찾느라

다른 먹이들의 속내를 들추고 다녔다.

어떠한 동정도 없다.

토끼처럼 간을 숨겨둔 인형일 뿐이다.

그냥 모니터일 뿐이다.

*어느 유명 뉴스 앵커의 파렴치한 속내를 알고 나서

클로드 모네
문정

사냥 / 클로드 모네 / 1876.

물로 돌아가는 일

본디 사람은 물에서 태어난다.
그럼에도 물로 돌아가는 일은
억장이 무너질 만큼 아프기만 하다.
수심 깊은 곳에서 피어난
다뉴브와 세월의 슬픔은
넘쳐흘러 육지는 잠기고
잠시 잊었던 파도는
그토록 서러울 수가 없다.
삶과 죽음의 경계는
자꾸만 출렁거립니다.

클로드 모네
문정

홍수 / 클로드 모네 / 1896.

백
야

눈이 감길 때마다
차선을 넘나들었습니다.
8차선 도로의 한가운데는
담배꽁초의 무덤이 피었습니다.
새벽 매미 울음은 지난밤 꿈처럼
싱숭생숭합니다.
잠을 지운 사람들의 무거운 바퀴는
도둑고양이의 비웃음을 삽니다.
발자국에 남긴 무거운 그림자는
나도 몰래 내 뒤를 쫓습니다.
그렇게 하염없이 걸었습니다.
눈을 떠도 환하고
눈을 감아도 잔상은 남아
세상은 온통 백야입니다.

클로드 모네
―
문정

**루앙 대성당 (정문과 생 로맹 탑, 강한 햇빛,
파란색과 금색 조화) / 클로드 모네 / 1893.**

모네는 '루앙 대성당 시리즈'를 오직 한 곳, 성당 건너편 양장점에서만 그렸다.
1892년 겨울부터 30여 개의 초안을 잡아 1894년에 모두 완성했다.

어
머
니
의　복
사
꽃

무더운 더위가
이제는 저버린 복사꽃의
잔향마저 지우던 7월의 일이었다.

집으로 돌아오신 어머니의 복사뼈에
새빨간 복사꽃 심술궂게 피어있었다.

복숭아씨처럼 둥그런 눈으로
연유를 물어보니
시장에서 복숭아 한 소쿠리 사 오다
넘어지셨단다.
또 연유를 물어보니
복숭아가 너무 드시고 싶었단다.
지금껏 좋아하는 음식 한마디도 않던 분이.

그 말에 가슴 한켠
복사꽃 활짝 피었다.

클로드 모네
—
문정

나는 내 어머니 가슴속에
얼마나 수많은 복사꽃 피웠던가.

그날, 밤늦도록 어머니의 복사뼈에
비가 내렸다. 꽃이 질 때까지.
다음날이면 어머니 그토록 좋아하시는
잘 여문 복숭아 열릴 때까지.

복숭아가 있는 정물 / 클로드 모네 / 1883.
이 작품은 르누아르의 풍윤한 색채를 연상시키는
반면, 세잔의 정물화에서 볼 수 있는 엄격한 조형
질서의 구축은 전혀 볼 수 없다.

범람하는 밤 속에서

지금도,
끊임없이 범람하는 우주처럼
끊임없이 범람하는 밤 속에서
조우하는 별들은 얼마나 아름다운가
생각했습니다.
조용히 들여다보십시오.
범람한 밤 속에 눈이 먼 별들을.
그러면 알겠지요
눈이 먼 것은 별이 아닌 우리를.
지금도,
그들은 그저 묵묵히 조용히
초라하게 반짝이고 있습니다.

클로드 모네
———
문정

르 아브르 항구, 밤의 효과 / 클로드 모네 / 1873.

첫
눈
에

불현듯 들숨에 섞인 당신은
끝내 돌아가지 않고
나의 기도를 막았다.
가까스로 부여잡은 피사체는
어느새 명화가 되어 있었고
잠깐의 어둠조차 용납하지 않는 렌즈는 결코,
셔터를 내리는 일이 없었다.
이 모든 것은 첫눈에
당신을 보았을 때.

클로드 모네
문정

자수를 뜨고 있는 카미유 부인 / 클로드 모네 / 1875.

원목 테이블에 발가락을 찧었습니다.
잊었던 생의 감각을 되뇌었습니다.
나는 스쳐 지나가는 연약함이었고
그는 그 자리 그대로 있었을 뿐입니다.
불꽃같이 타들어간 삶의 고통이
아름다운 결이 되었습니다.
죽음이 삶을 대변하는
날이 선 견고함 속에서
어제의 생(生)과 오늘의 사(死)는
무엇이 다릅니까?
나는 스쳐 지나가는 연약함이었고
그는 그 자리 그대로 있었을 뿐입니다.

클로드 모네
—
문정

계란이 있는 정물 / 클로드 모네 / 1907.

사진

언제부터인가 내가 좋아하는 것보다는
'당신'들이 좋아하는 것들만이
나의 작은 아틀리에를 가득 메울 때까지
무엇이 옳은 건지 몰랐고,
그 좁은 화폭에 이색 저색 덧바르고 나니
처음의 그 고유한 빛깔은 온데간데없이
사라져버렸다.

어느샌가 나는 아틀리에 구석에 놓인
고장 난 벽걸이 시계 마냥 애물단지가
되어있었다.

그래서 돌아가고 싶었다.
쥐어오는 텁텁한 일상에서도
언제나 변하지 않는 수수한 모습으로
있는 그대로 담겨져 있는
그대와 내가 머물던 그곳으로

클로드 모네
문정

선상 화실 / 클로드 모네 / 1876.

화
투

패를 나누자.

계절을 열두 달로 나누자.

서로가 간직하고 싶은 계절을

누구에게도 들키지 않게

손에 꼭 쥐어보자.

서로가 뱉어내는 추억을 조각을

다닥다닥 맞추어 보자.

비 내리는 우울한 여름엔

비광 속 우산을.

모든 것이 스러져가는

적막한 가을엔 화사한 홍단을.

그렇게 패를 맞추자.

그렇게 각자의 추억으로

아름다운 계절을 되뇌어보자.

클로드 모네

문정

기모노를 입은 카미유 / 클로드 모네 / 1876.
당시 인상파 화가들은 일본의 우키요에 푹 빠져 있었고, 모네 또한
그러했다. 작품의 모델은 그의 부인 카미유이다.

편지

오늘도 비가 내렸습니다.
그때는 몰랐던 것들이
빗물에 싹을 틔어
기억은 머리에서 흘러내려
가슴속에 추억으로 고입니다.
그곳은 어떤가요?
부디, 언제나 맑은 날이길 바랍니다.

클로드 모네
문정

워털루 다리 / 클로드 모네 / 1902.

1891년, 런던 연작을 구상한 모네는 1899년부터 1901년까지 런던을 세 차례 방문하며, 템스 강이 잘 보이는 샤보이 호텔에서 주로 안개 낀 워털루 다리를 그렸다.

달
의 언어

시간이 달을 베어먹고
그 공간을 어둠이 채우면
우리가 만날 날은
더욱 가까워졌다는 거겠죠.
하루라도 빨리 저 달이
비워지길 바랍니다.
고로, 달 없는 밤에 만납시다.
만월을 찾지 맙시다 우리.
이미 서로의 얼굴은
기쁨의 만월로 가득 차 있을 테니.
달의 언어란 그런 것 같습니다.

클로드 모네
문정

차링크로스 다리, 템즈강의 안개 / 클로드 모네 / 1903.

철제로 된 차링크로스 다리는 기하학적인 아름다운 선을 지녀 당시
많은 화가들이 즐겨 그리는 소재였다. 모네는 아름다운 선 대신
안갯속에서 조금씩 드러나는 푸른 덩어리로 다리를 표현했다.

우리는 별을 보아야 한다.

차갑게 솟아오른 고층 빌딩에 속아
별을 잊었다.

도시가 뿜어내는 입김이 별을 삼키고
그렇게 아이들, 어른들 모두가
별을 잊었다.

별이 없는 세상에는
사람이 수많은 사람을 올라서면
그것은 별이 되었고,
그것은 이 별에 사는 별난 사람들의
별난 세상을 살아가는
별난 방식이 되었다.

그래서 별은 아름답다.
누군가 별이 될 때마다
누군가의 별은 하나씩 사라져간다.
그래서 별난 세상의 별은 잔인하다.

클로드 모네
⸻
문정

우리는 별을 보아야 한다.
눈앞의 것이 아닌 아련히 먼 곳,
이제는 아무것도 보이지 않는
이 밤하늘을 아름답게 수놓을
저기 어디, 누구도 닿을 수 없는,
저기 어디, 아무도 만질 수 없는,
미려하게 반짝이는 작은 별들을.

아무리 사람을 올라서도
결코 닿을 수 없는,
아직은 때 묻지 않은 아이들의
가슴 깊숙이 숨어있는,
닿을 수 없다는 것에 대한 동경에
가슴 벅차오르는,
그런 별들을 바라보아야 한다.

암스테르담의 운하 풍경 / 클로드 모네 / 1874.

태풍의 눈

불행이 드리우고
사람이 몰아쳤다.
고통이 불어오고
슬픔이 잠식했다.
사람이 싫어졌다.
자신이 싫어졌다.
모두가 불편했다.
그런데 이상하다.
당신은 편안하다.
당신과 함께하면
태풍은 사라졌다.
당신과 함께하면.

클로드 모네
문정

포플러들, 바람 효과 / 클로드 모네 / 1891.

포플러 나무들이 서있는 공유지가 경매에 붙여진 사실을 알게 된 모네는 그곳을
매입한 목재상에게 돈을 지불하고 그림이 완성될 때까지 나무들을 베지 말 것을
부탁했다고 한다.

선인장

당신을 향한 기다림의 끝은
무엇이든 고통입니다.
밤하늘엔 외로운 북극성
초라하게 반짝입니다.
저를 잃고 싶지 않습니다.
기다림에 지쳐 목이 마른
무수한 가시가 밤하늘에 박혀
수많은 별들을 수놓았습니다.
이 기다림 부디 영원하길
빌었습니다.

아르장퇴유, 양귀비 밭 / 클로드 모네 / 1875.
'인상' 그 자체 이기라도 하듯 작품 속 인물의 윤곽선이 명확하지 않다. 하늘은
환하게 표현했지만 양귀비가 그려진 들판은 무게감 있게 표현되었다.

고
향
생
각

아바이 손등의 굵은 핏줄에는

그 옛날 맑은 강물이 흐릅니다.

아바이 머리에 내려앉은

고향의 겨울이 마냥 춥지 않습니다.

아바이 부르튼 손등

놀러 가던 뒷산에 참나무 같습니다그려.

아바이요, 기억하십니까?

나의 살던 고향은

나의 살던 고향은

클로드 모네
문정

베퇴유, 모네의 집 / 클로드 모네 / 1880.
가을로 접어들 무렵에 그린 작품으로, 화사함 속에 쓸쓸함이 감돈다.

행복의 정원

손바닥만 한 모종삽이면 된다.
당신의 우울, 불안, 슬픔, 절망의 씨앗을
나의 가슴속에 파묻는 일은.
우리가 함께 하는 웃음은
좋은 거름이 되고
우리가 함께 흘리는 눈물은
메마른 땅을 적시고
우리의 기쁨은 따스한 햇살이 되어
텅 빈 정원을 비추면
상처는 아물고 새싹은 돋아
어느새 행복이 무성히 열려있을 것이다.

클로드 모네

문정

정원 길 / 클로드 모네 / 1902.

장
마

지워버린 당신의 발자국이
나의 창을 두드리는 밤
'어쩌면'이라는 우연이
오래도록 끈적이는 밤
밤새 비 내리고
그렇게 장마는 끝나지 않고.

클로드 모네
문정

워털루 다리, 흐린 날 / 클로드 모네 / 1899-1901.
작품에는 안개 낀 도시를 옅은 붉은색으로 물들인 흐릿한 풍경이 담겨있다. 전체적으로
이른 아침의 뿌연 색조이지만, 자세히 보면 붓질 하나하나마다 섞이지 않은 원색들이
빛나고 있다.

시곗바늘

그동안 잘라버린 계절들을
이어붙인다면 우리는
우리가 아니게 되는 것인지.
기필코 내디뎌야 하는
발뒤꿈치에는
이미 모래가 되어버린
나와 당신의 언어가 번들거리고,
늘 제자리로 돌아와도 낯설은 나에게
세상은 알 수 없는 것 투성이고.

클로드 모네
문정

트루빌 해변의 판자 길 / 클로드 모네 / 1870.

못

당신이 떠나버리면
나는 그 깊은 골을 감당할 수 없다.
온전히 당신이었던 그곳은
그 누구도 온전히 메울 수 없어서
다른 누군가 박혀버려도
그 자리 그대로 두어야 한다.
그러니 그대,
떠나지 말아라.

클로드 모네
문정

카미유, 녹색 옷을 입은 여인 / 클로드 모네 / 1866.
집안의 극심한 반대에도 불구하고 카미유와 결혼한 모네는 어려운
환경 속에서 창작에 대한 열정을 더욱 불태웠고, 이 작품은 단 4일
만에 완성하여 많은 이들로부터 호평을 받았다.

공허의 다리

관계의 이분법
오로지 나와 당신에 한하여
우리의 다리는 가는 곳만 있다.
다리 끝에서 불러보아도
돌아오는 것은 침묵의 메아리
다리 아래 까마득한 공허는
벌컥벌컥 차오르기만 하는데
우리의 다리는 오는 곳이 없다.

클로드 모네
문정

나무 다리 / 클로드 모네 / 1872.

새
벽

모든 것이 차분히 가라앉은

고요의 시간.

그제야 차오르는 나의 바다.

영원히 머무를 것만 같은.

어쩌면 다신 오지 않을 영원의 시간.

언제나 나의 것이기를 염원하는

그런 도벽이 생기는 순간.

클로드 모네
문정

크뢰즈의 협곡, 저녁 무렵 / 클로드 모네 / 1889.

낮
달

어젯밤,

기어이 가득 차버린 그리움

밤새 겨워냈지만

너무 오래 내버려 둔 탓에

그 잔상 아직도 허옇게 남아

사라질 줄 몰랐다.

그 마음 혹시라도 들키진 않을까

하루 종일 가슴 졸일 것이 분명했다.

클로드 모네
—
문정

베네치아 대운하와 산타 마리아 델라 살루테 / 클로드 모네 / 1908.
베네치아의 풍경을 하늘색과 녹색의 밝은 색채로 그린 작품이다. 베네치아의
저택 팔라초 바르바로의 계단에서 바라본 산타 마리아 델라 살루트 성당의
모습을 그린 6점의 시리즈 중 하나이다.

사랑의 속도

세상 모든 속도에 관한

책을 읽었습니다.

걷는 사람 3km/h

흰긴수염고래 50km/h

비행선 '힌덴부르크' 130km/h

칼새 200km/h

고속열차 350km/h

총알 1,700km/h

아폴로 11호 40,000km/h

별똥별 100,000km/h

아름다운 것들을 나열해도

어디에도 없었습니다.

당신이 내 가슴속에 박히는 속도 0km/h

그 무엇보다 빠르고 아름다운 것을.

클로드 모네
문정

들판의 기차 / 클로드 모네 / 1871. 모네는 생동감이 느껴지는 기차와 한적한 시골,
산책을 즐기는 사람들의 모습을 대조하여 '순간과
영원'을 동시에 담고자 했다.

고래의 연못

그의 가슴속엔
커다란 연못이 있다.
바다를 꿈꾸던 고래가
머물던 자리였던.
넘치던 연못은 바다로 흐르고
바다를 꿈꾸던 고래는
모험을 떠나고
고래가 떠난 길에는
작은 오솔길이 생겼다.
이제는 풀이 무성한 길이지만
고래는 언제든 돌아올 수 있다.
바다로 흐르던 연못은 영원할 테니.

클로드 모네
문정

수련 연못과 오솔길 / 클로드 모네 / 1900.

모네는 죽기 전까지 머물렀던 프랑스 지베르니에 대지를 사고 연못을 만들었다. 그는
연못의 수련과 일본식 다리가 빛에 따라 변화하는 모습을 작품으로 남겼다.

봄
비

가느다란 빗줄기가
맞닿은 모든 것의 선율이
봄을 노래하였다.
상처가 아물며 돋아나는
새살이 간지러운 것처럼
봄이 귓가를 간질였다.
하루 종일 비가 내렸다.
어제는 온통 봄에 젖어 있었다.

클로드 모네
———
문정

봄, 만개한 사과나무 / 클로드 모네 / 1873.

모네는 한눈에 이곳 지베르니의 매력에 빠져 거처를 옮겼다. 사과나무 과수원이었던
집터를 구입하며 그 옆에 있는 분홍색 건물을 함께 사들였다.

우리가 스치면서 일어난 작은 바람은
그저 나의 욕심이었다.
또 다른 누군가를
스치고, 스치다, 스치면서
바스러지길 바라는 우리 모습 또한
나의 욕심이었다.

클로드 모네
문정

붉은 스카프의 카미유 모네 / 클로드 모네 / 1873.

수
련

당신의 미소는
내게 안식을 준다.
그 미소가 머금은
청순한 마음은
고요한 연못 위
둥실둥실 떠다니는
수련 같아서
그 미소를 떠올리면
그날은 하루 종일
내 마음도 둥실둥실
구름 위를 떠다닌다.

클로드 모네

문정

수련 / 클로드 모네 / 1904.

앙플레네르 스타일을 가장 잘 보여 주는 작품이다.
자연광 아래에서 다채롭게 변화하는 장면을
연출하는 연못과 수련은 모네에게 '바깥에서 그리는
재미'를 극대화해주는 소재였다.

별
똥
별

그대를 사로잡은
나의 단말마가
한줄기 빛으로 아른거리길
언제나 그대의
가슴속에 영원하길.
아, 어딘지 모를
이별에 내려앉은
아름다운 슬픔이여.

클로드 모네
───
문정

프루빌, 절벽으로의 산책 / 클로드 모네 / 1882.

완벽한 나무, 소나무

모진 풍파와 시간을 건디고
갈라진 무수한 강줄기가
그의 살갗에 고스란히 박혀있다.
부채를 닮은 가지는
어떠한 폭풍우가 몰아쳐도
부러지는 일이 없다.
뿌리가 깊고 굵을수록
잎은 펜촉과도 같이 날카로워져
그 위상과 기백은 하늘을 찌른다.
그래서 그는 언제나 푸르른가 보다.
이토록 완벽한 나무가 또 있을까.

클로드 모네
문정

에스테렐 산 / 클로드 모네 / 1888.

코스모스 활짝 핀 언덕에는

이른 아침, 대문을 나서며
무심코 들이마신 숨 속에는
은은한 가을이 배어있다.
가을이 가리키는 그곳에는
그토록 바라던
코스모스 활짝 핀 언덕이 떠올랐다.
은은한 코스모스와 함께
저 멀리 언덕에서 손을 흔드는
나의 어머니, 아버지, 형, 동생, 친구, 이웃
모두의 안녕에 미소가 떠올랐다.
오늘따라 영글은 태양을 보아하니
언덕에는 코스모스가 무성할 것임이 분명했다.
코스모스 활짝 핀 언덕에는
지독했던 지난 4월이
더 이상 남아있지 않았다.

*제주 4.3 사건의 희생자들을 추모하며

클로드 모네
문정

아르장퇴유, 양귀비 / 클로드 모네 / 1873.
작품에서 모네는 선연한 빛을 집요하게 추구하면서 색채의
독자적 주장을 회화적 차원으로 표현했다.

감기

끝내 맺지 못한 말이
입속을 맴돌다
기침으로 새어 나온다.
후드려 맞은 이별에
목에 담이 왔다.
돌이킬 수 없음을
얼굴에 핀 열꽃이 말해준다.
단단히 고뿔에 걸렸다.
이번 겨울은
유난히 길 것만 같다.

클로드 모네
문정

겨울 속 베퇴유 마을 입구 / 클로드 모네 / 1879.

시간의 입김이 목덜미를
훑고 지나가면

꽁무니 잡힐세라
공중에서 한참을 노닌다.

가지 마라, 가지 마라
붙잡아도
다시 돌아온다, 다시 돌아온다
나풀거린다.

피난 길 / 클로드 모네 / 1873.

바
위
섬

그리움이 쌓이고 쌓여 굳어버린 것이
저 멀리 홀로 우뚝 솟아있다.
깊게 내쉰 한숨 파도가 되어 모래사장에 다다르면
쓸려나간 자리, 외로움 옅게 반짝인다.
마주하는 육지에서의 삶들은
한없이 가깝고 아득히 멀기만 하다.
갈매기 울음소리마저 멀리 달아나면
그것이 너무 미워 주위를 둘러보면
누구도 발 디딜 수 없는,
알 수 없는 슬픔에 잠겨버린 가슴뿐이었다.
그런 자신이 부끄러워
얼른 어둠에 몸을 숨기고 마음을 추스르다 보면
어느새 날이 밝아온다.
언제 그랬냐는 듯 산산이 부서져 내린다.
잘은 모르겠지만,
누구에게나 그런 바위섬 하나쯤은 있는 것 같다.

클로드 모네
———
문정

꼬통 항구의 피라미드 / 클로드 모네 / 1886.

1886년, 프랑스 북서부에 위치한 벨일 섬의 코통 항 근처 바닷가에 솟아있는 '피라미드' 바위를 보고 그린 작품이다.

꿈은 가치 있는 것이다

활어처럼 팔딱팔딱 뛰던 것이
저마다의 잣대에 올려져선
시퍼렇게 날이 선 현실에
짓이겨지고 토막나 버려서
그 형체를 못 알아볼지라도
일말이라도 남아있다면
그것은 꿈.
소중히 할 가치가 있는 것이다.

클로드 모네
문정

바랑제빌, 어부의 집 / 클로드 모네 / 1882. 모네의 짧고 연속되는 붓질로 일렁이는
물결의 인상을 그려낸 작품이다.

비
눗
방
울

거센 바람에 자꾸만
움츠러들었던 모진 하루.
집으로 불어가던 길
동네 아이들이 부는 비눗방울
둥실둥실 바람을 놀려대니
나의 하루는 얼마나 어리석었던가.
내일은 비눗방울이 되리라 굳게 다짐한다.

클로드 모네
문정

'부지발'의 다리 / 클로드 모네 / 1869.

부지발은 프랑스 센강 연안에 위치한 작은 마을이다. 이곳은 모네의 작품에 종종
등장하며, 르누아르의 무도회 시리즈에도 '부지발의 무도회'라는 작품이 있다.

석
양
한
움
큼

거짓의 바다가

칠흑을 완전히 삼키면,

몰래 한 움큼 숨겨둔

석양을 흩뿌린다.

그러면 고래가 되어 올 것이다.

파도가 되어, 바람이 되어

기필코 돌아올 것이다.

석양을 머금어 노랗게,

말갛게 익은 바다를

결코 지나칠 수 없을 것임이

분명했기에

클로드 모네
———
문정

라바콧, 센강의 석양 / 클로드 모네 / 1880.
같은 장소에서 시시각각 변하는 센강의 모습은 모네에게 있어 항상 새로웠다.

금주

떠나간 이가 채운 마음을 비우는 것은
술잔을 비우는 것과 같은 일이다.
잔을 비울수록 슬픔은 목을 태우고
마음을 비울수록 추억은 선명해진다.
남은 이의 고통은 떠난 이의 추억이고
음주는 저마다의 사랑이 넘실거리는 것.
금주는 다신 사랑 않겠다는 약속,
그렇게 술잔이 비쩍 마르길 기다리는 일이다.

생타드레스의 테라스 / 클로드 모네 / 1867.

기울어져 있는 테라스는 사실주의에 충실했던 모네가
인상주의 기법을 받아들이면서 보여주는 변화이다. 자칫
밋밋할 수 있었던 구도를 테라스의 기울기로 변화를 주었다.

우리 동네 달동네

우리 동네 달동네
굽이굽이 진 계단길 쓸쓸히 올라가다 보면
새하얗게 타서 형태만 남은 연탄재 하나
우두커니 벽에 기댄 채 서서
하염없이 불태우던 지난날 회상한다.

빛바랜 놀이터
더 이상 아이들의 손길이 닿지 않는 그곳엔
어린 새싹들의 웃음 대신 무성한 잡초들만이 자리를
채우고
쓸쓸함은 더해간다.

웬만한 아파트보다 더 높은 동네 꼭대기 집 한 채
내려다보는 세상 마냥 즐겁기보단
한없이 높아 보이는 까닭에
손닿지 않는 아래 세상 바라보며 슬퍼한다.

이젠 낭만도 더 이상의 추억거리도 없는

클로드 모네
문정

우리 동네 달동네
하늘에 해도 뜨고, 구름도 있고, 별도 있는데
달동네로 이름 붙여진 까닭에 더욱 서러운
우리 동네 달동네

계단 / 클로드 모네 / 1878.

이제 가을입니다

고통 끝에 내뱉은 한숨에는
이제 서늘함이 가득합니다.
하지만 잔인한 시간은
자꾸만 우리를 지워갑니다
마치 향기롭습니다.
쓰러져가는 우리
이제 한 번 더 눈을 감으면
세상은 온통 순백색입니다.
그러면 온전한 우리는 어제가 되겠죠.
이제 가을입니다.
유예는 짧지만 천천히
아주 느리게 흘러갑니다.

클로드 모네
—————
문정

길이 있는 풍경 / 클로드 모네 / 1878.

썰물

힘들게 시간 내어 놀러 간 바닷가.
바닥이 훤히 드러난 바다의 모습에
당신은 실망했지.
아쉬움에 몇 번이고
뒤돌아 봤는지 몰라.
그런데 말야
그날의 바다는 텅 비어 있었지만
그날의 추억은 온통 당신으로
가득 차버렸지.

클로드 모네
문정

페캉, 낮은 파도 속의 배 / 클로드 모네 / 1881.

백색소음이면 좋겠다

당신이 물어보는 나의 안부
나를 바라보는 당신의 시선
그 모든 것들이
이제는 무뎌져버려
그저 스쳐 지나가는
물 흐르듯 흘러가는
그런,
백색소음이었으면
좋겠다.

클로드 모네
문정

아침 건초더미, 눈의 효과 / 클로드 모네 / 1891.

1890년 겨울, 모네는 유명한 건초더미 연작에 몰두했다. 견고한 형태가 시시각각 빛에 따라 다양한 모습으로 변화하는 건초더미를 각기 다른 계절에 그렸다.

클로드 모네

프랑스의 인상파 화가. 인상파 양식의 창
시자 중 한 사람으로, 그의 작품《인상, 일
출》에서 '인상주의'라는 말이 생겨났다. '빛
은 곧 색채'라는 인상주의 원칙을 끝까지
고수했으며, 연작을 통해 동일한 사물이
빛에 따라 어떻게 변하는지 탐색했다.

특히 그의 말년에 그린《수련》연작은 제1차 세계대전의 전사자들을
추모하기 위해 제작한 생애 마지막 작품으로, 자연에 대한 우주적인
시선을 보여준 위대한 걸작으로 평가받고 있다. 오늘날 이 그림들은

파리의 튈르리 정원에 있는 오랑주리 미술관에 전시되어 있다.

모네는 말년에 백내장으로 인해 거의 시력을 잃게 되지만 그림 그리기를 끝까지 멈추지 않았다. 그는 1926년 86세를 일기로 지베르니에서 생을 마감했다.

모네의 대표적인 연작 작품으로는 《수련》을 비롯한 《포플러 나무》, 《루앙 대성당》, 《건초더미》가 있다.

임강유

✕

빈센트
반 고흐

빈센트 반 고흐가 그리고 임강유 시인이 쓰다.

윤동주 시인의 글에서 힘을 받아 위로하였고 詩人이 되었다.

빈센트 반 고흐의 작품에서 보이는 물체와 풍경

시상으로 다가오는 느낌들을 시인의 심상으로 적어내었다.

그림에도 글이 있다는 걸 보여주는 반 고흐의 작품들이 모여

하나의 시화집이 되었다.

아름다운 그림들이 서정 詩들과 함께 조화를 이루고

나아가 19세기 화가와 21세기 시인의 작품을 느꼈으면 합니다.

어둠별

작금의 나는 미리내와 같고
우리네 삶에 스머드는
풍향에 따라 불어오는 향이거늘

샛별이 되어 반짝 빛나다
다른 이를 위해 서서히 희미해지는 새별이거늘

이내
누군가를 위해
희생할 줄 아는 별똥별이거늘

내 해의 빛이 바래는 날
사랑하는 이에 빛이 발하는 날
그 날의 어둠별이고 싶다.

빈센트 반 고흐
———
임강유

별이 빛나는 밤에 / 빈센트 반 고흐 / 1889.

생레미 정신병원에서 창 밖을
바라보며 상상속의 사이프러스와 별
그리고 산과 마을을 그린 작품이다.

새
날

해가 뉘엿뉘엿 질 때
너를 떠나주었다

새로운 날이 밝을 때
너를 위해서

밝고 환한
아침을 좋아하는 너에게

나는 어두운 밤 이였다
아니, 빛나고픈 밤 이였을 뿐 이였다.

빈센트 반 고흐
―――――
임강유

아를의 별이 빛나는 밤 / 빈센트 반 고흐 / 1888.

1888년 반고흐는 별을 그리기위해 밖으로 나간다는 편지내용이 있다.
캄캄한 어둠조차도 색을 가지고 있다며, 밤의 풍경을 좋아해 그린 작품이다.

해
바
라
기

자그마한 화분 속
여러 개의 꽃이 피어났다

누구 할 것 없이
피기위해 고개를 든다

밑을 보며 피고
위를 보고 피는 꽃들 사이에서
오로지 누군가를 위해
피기를 멈춘 한 송이가 눈에 띄었다

피기를 멈춘 한 송이는
아마도 저 일거에요

빈센트 반 고흐
임강유

누군가를 위해

피고 지는 모습이

마치 나를 보는 것 같아서

내 얼굴엔 웃음꽃이 피었다

해바라기 / 빈센트 반 고흐 / 1888.
보색대비에 의한 색채효과를 선호한 반 고흐는 희미한
말라카이트 그린부터 로열 블루까지 다양한 푸른색을 배경으로
따뜻한 노란색의 해바라기를 그리고자 했다.
해바라기 작품은 반 고흐가 개인적으로 좋아했던 색으로 그렸다.

그대에게

누가보아도 아리따운 줄기에
바라만 보아도 어여쁜 꽃이어라

테라스에 앉아 바라보는
나를 비춰주는 달님에 불빛이어라

오늘 하루의 마지막에
그대를 내 눈에 담아본다

별이 빛나는 밤에
밤하늘에 그대를 그리어본다.

빈센트 반 고흐
—
임강유

아를르의 포룸 광장의 테라스 / 빈센트 반 고흐 / 1888.

고흐가 처음 아를에 도착했을 때 이 근처 카페가 있는 호텔에서 묵었다.
카페를 바라 본 고흐가 그린 테라스 모습이다.

가버린 소년

바다를 처다보고 있으면
나의 맘 넓은 듯 착각하고

하늘을 처다보면
괜시리 세상이 아름답게 보이고

산을 바라보면
고개를 치켜든 소망의 싹이 보인다

뚝! 뚝! 떨어지는 빗소리에 눈을 떠보니
어지러워진 방에서 뒹굴며 무엇인가 쓰고 있는
나를 볼 수 있었다

미운 듯 보이는 소년
골몰하기에 안쓰러운 소년
툭! 툭! 털고 일어나서 어디론가 가버리네.

빈센트 반 고흐
임강유

아를의 반 고흐의 방 / 빈센트 반 고흐 / 1889.

반 고흐가 그린 <반 고흐의 방>
세 작품 중 한 작품이다.

삶

나라는 존재가
세상에 태어나
삶이란 작은 도화지에
인생이란 그림을 그리며 간다.

빈센트 반 고흐
임강유

자화상 / 빈센트 반 고흐 / 1887.

고흐가 파리에 온 이후 처음 접한 전시회는 쇠라의 <그랑드자트>가 전시된
1886년 마지막 인상주의 전시회였다. 고흐는 파리에서 30점의 초상화를
그렸는데, 이 작품에서 나타나는 작가 얼굴과 저고리의 부서진 듯한 색채,
특히 배경의"점"들은 쇠라에 대한 그의 동경을 반영하고 있다.

자화상

인생이라는 여정을 시작한다
끝이 정해진 자의 뒷모습에서
편안함을 보았다

그 편안함 속에는
도전 노력 여행이라는
정답이 녹아있었고

그 속에서 헤매는
한 남자가 있었다

끝내,
끝을 향해 여행을 떠나는
나의 자화상 이였다.

빈센트 반 고흐

임강유

자화상 / 빈센트 반 고흐 / 1889.

슬픈 달

뻐꾸기 슬피 울던 날
밤하늘에 떠있는 슬픈 달

나의 사랑이 너무나도 빈약해
너에게 가는 도중 쓰러진 날
슬픈 달

한결같이 떠있는 달에게
나의 심정 맞춰본다

중립 없는 시선으로
내가 슬픈 날은
너도 슬픈 달인 날.

빈센트 반 고흐
임강유

트랭크타유의 다리 / 빈센트 반 고흐 / 1888.

론강 위에 위치한 이 회색빛 다리는
131년 째, 여전히 그곳에 있다.
반고흐가 트랭크타유의 다리를 보며
그린 작품이다.

그
리
는
밤

엄마가 그리운 밤
밤하늘에 별로 그리움을 그려본다

떠나간 이 지우지 못해
밤하늘에 별로 그리움을 그려본다

어린 시절 부리던 어리광도
오랜 시간이 지난 후
깨달은 소중함도

지나간 날과 떠나간 이를
그리워하며 한 후회도

모두 밤하늘에 별로 그려본다

빈센트 반 고흐

임강유

파리의 교외 / 빈센트 반 고흐 / 1886.

윤곽 없는 형상

밝은 빛
나를 감쌀 때 모든 것이 아름답더니
어둠이 나를 둘러 싼 지금
흐릿한 형상으로 변해간다

흘러가는 물에 비친 나의모습
지치고 초라해진 윤곽 없는 형상
일그러진 마음만 쓸쓸히 흩어져가는
나의 모습을 다시 그려 내려간다

두 손을 벌려 용광로를 가슴에 끌어안고
언제 폭발할지 모르는 불안 속에서
일그러진 마음의 단면에서
약하고 부족함 투성인 나를 볼 수 있었다

빈센트 반 고흐
임강유

두드리는 소리에 문을 열었다

그 순간 무릎 꿇은 나를 볼 수 있었고

눈물방울이 떨어지며 둥글게 퍼지는

아름다운 나의 모습을 볼 수 있었다.

몽마르트르에서 본 풍경 / 빈센트 반 고흐 / 1886.

서성거리며

눈 감고 지나치기 너무 허탈하기에
눈 크게 뜨고 좌우로 쳐다본다
형태를 볼 수 없으리만큼
너무 빨리 지나가기에 안타까워진다

쫓아가면서 붙잡아본다
그러나 그러나 점점 멀어져가는
아름다운 추억들 괴로운 기억들을
뒤로하고 돌아서야 했다

그리워하는 이 있으나 어디 있는지 모르고
어디 있는지 알지만 말할 수 없고
말할 수 있으나 쫓아가지 못했고
쫓아갔으나 어디론가 사라지고 없었네

빈센트 반 고흐
———
임강유

가고자하는 이 붙잡지 않고

오고자하는 이 막지 않고

못가고 서성거리며 뒤돌아보는 자

가지 말라 말하고 싶네.

아를의 정원 / 빈센트 반 고흐 / 1888.

반 고흐가 본 것을 그대로 그리지않고, 주관적으로 색을 사용해 그린 작품이다.
자신을 강렬하게 표현하고 싶은 반 고흐의 작품이다.

숲

처다 볼 수가 없어서 울었습니다
나의 마음 한 구석에서
부정하며 허락 않기 때문입니다

거칠고 딱딱한 마른 땅을
몸부림치며 뚫고 나오는
사랑이란 싹을 남이 볼까 두려워
지친 다리를 끌고 가서 짓밟습니다

물 대신 나의 눈물로써 마른 땅을 적시고
싹이 잘 자라도록 보살피고 있습니다

새들이 모여 쉴 수 있는
크고 아름다운 나무가 되었을 때
그때는 주저치 않고 모서와 보어드리겠습니다.

빈센트 반 고흐
———
임강유

풀숲 / 빈센트 반 고흐 / 1887. 반 고흐가 생레미 정신병동에서 바라본 정원의 일부분을 그린 작품이다.

행복하여라

행복하여라 진정 행복하여라
서로 사랑하기에 눈을 하나로 맞출 수 있고
서로 양보하기에 둘이 홀로서기 할 수 있다

옆에 있는 사람끼리 사랑하고픈 마음 들게 하는
너희들의 사랑이 무지개 빛 보다 더 황홀하리라

둘러앉아 얘기하던 너의 말 들었을 때
사랑하면 수줍음 없어지나 보다 속으로 생각했다

행복하여라 진정 행복하여라
화려하게 피었다 곧 시드는 장미보다
아무도 없는 고요함 속에서 피는 박꽃이 되어라

은은한 향기 나의 볼을 붉게 물들여 놓았고
깊숙이 스며들어가 마음을 뜨겁게 달구는구나.

빈센트 반 고흐
———
임강유

아를의 여인 / 빈센트 반 고흐 / 1888. 고갱이 반 고흐가 있는 아를에 오고 얼마 후, 두
화가는 한 인물의 초상화를 그리기로 했다.
리기르 카페의 주인 지누 부인을 그리기 위해, 반
고흐는 방에서 책을 몇권을 들고 와서 45분만에
완성한 작품이다.

소
나
기

갑자기 쏟아진 소나기에
몸에 붙어있던 먼지들이
비와 함께 또랑으로 흘러가
사라져 버렸다

한번 쏟아진 비는
다시 비가 될 수 없기에
슬프기 그지 없었다

이내 하늘에
뚫어진 구멍이 사라지고
그 자리에 무지개가 나타나

나에게 인사를 해주었다.

빈센트 반 고흐

임강유

개양귀비 밭 / 빈센트 반 고흐 / 1889.

반 고흐가 입원한 요양원에서 멀지 않은
프로방스의 들판을 묘사한 작품이다.
요양원에서 처음으로 외출허락을 받고 그린
풍경화 이기도하다.

거
하
리
라

살아 갈 용기 없을 때
그대가 내게 한 말 생각하며
나 그대 속에 거하리라

머릿속에 일렁이는 파도
세상 걱정 이 시간 버리고
나 그대 속에 거하리라

지쳐서 돌아오면
따뜻한 사랑으로 맞이 해주는
나 그대 속에 거하리라

나의 걱정 그대 앞에 다 털어놓아도
웃으며 끝까지 들어주는
나 그대 속에 거하리라

빈센트 반 고흐
———
임강유

나에게 자장가 불러

편안한 잠 자게해주는

나 그대 속에 거하리라.

숲을 산책하는 남녀 / 빈센트 반 고흐 / 1890.
고흐는 자신이 평생 가지지 못했던 반려자를 둔 사람을 부러워했다.
이 작품에는 그들에게 가까이 다가가 세밀히 묘사하지 못하고 멀리서 바라보는 그의
마음이 느껴진다.

아픈 손가락

열 손가락 깨물어
안 아픈 손가락 없다더니
깨물어 보지 않고 아픈 손가락 있네

고통 주어서 아픈 손가락 말고
있는 자체로 고통인 손가락 있네

다친 손가락 치료하면 그 뿐
아픈 손가락 치료할 수 없네

누군가의 아픈 손가락 되고 싶지 않네.

빈센트 반 고흐

임강유

귀가 잘린 자화상 / 빈센트 반 고흐 / 1889.

1888년 10월 23일, 반 고흐는 자신의
오른쪽 귀를 잘라내는 사건이 일어났다.
그리고 그러한 자신의 모습을 자화상으로
그린 작품이다.

그
리
움

그리움이란
내 마음속에
그리는 그림과 같다

무엇을 그리냐에
따라 달라지는
아직 형상화 되지 않은
백지와도 같다.

빈센트 반 고흐
———
임강유

꽃피는 아몬드나무 / 빈센트 반 고흐 / 1889. 꽃이 활짝 핀 아몬드 나무는 반 고흐가
사랑한 동생 테오 부부의 갓 태어난
아이를 위해 그린 작품이다.

후회, 꽃

후회는 꽃과 비슷하다
선택할 땐 활짝 핀 꽃과 같지만
그 선택에 후회를 할 땐
못다 핀 꽃과 같기 때문이다.

빈센트 반 고흐

임강유

꽃핀 아몬드 나무 / 빈센트 반 고흐 / 1888.

19세기 중후반 유럽에서 일본 목판화가 매우 유행했다고 한다.
반고흐가 이에 영향을 받아 그린 그림이다.

행복하더라

보름달
환한 빛 내비칠 때
사랑하는 너의 얼굴 생각나더라

별이 쏟아질 것만 같을 때
그 별 너에게 전해주고 싶더라

해질 무렵
하루에 끝이 보일 때
너와 함께 한다는 사실에 감사하더라

그렇더라,
나는 네가 있어 행복하더라.

빈센트 반 고흐
─────
임강유

아를의 밤의 카페 / 빈센트 반 고흐 / 1888.　고흐가 아를에 와서 묵었던 호텔 아래층에
있는 카페를 그린 작품이다.

우
리

이리 저리 쳐다본다
여기 저기 쫓아간다

점점 더 좋아진다
점점 더 멀어진다
허나 끝내 되돌아온다

그게 너다
너와 내가 만나
우리가 되었다.

빈센트 반 고흐
———
임강유

잡초 태우는 사람과 손수레에 앉아있는 부인 / 빈센트 반 고흐 / 1883.

반 고흐가 동거녀인 시엥과 헤어지고 드렌테로
갔을 적, 그는 경제적인 어려움을 겪고 있었다. 그
무렵 마을에서 일하는 농부를 그렸다.

노을을 반겼던 이유는
그대와 함께 한 오늘이
내일을 기다리는 이유일까

밤에 떠있는 별이
보고팠던 이유는
그대 내게 한 약속
별 하나 하나에
찍어뒀던 이유일까

아침을 기다리는 이유는
그대와 함께 새로운 하루를
맞이한다는 사실에 설렜던 걸까

빈센트 반 고흐
———
임강유

분홍색 복숭아나무(모브의 추억) / 빈센트 반 고흐 / 1888.

"아마 내가 그린 풍경화 가운데 가장 훌륭한 풍경화가 될 것이다" 라고
동생 테오에게 편지를 썼던 작품이다.

빛이 돼주오

흐릿한 형상으로나마
그대 뒤를 밝혀주는
반딧불이 될테요

그대가 서서히 바래져가는
새벽녘 밤하늘이라면
내가 어두운 먹이 될테요

더욱 빛나보이게
때론 더욱 빛날 수 있게
누군가 어둠이 될테요

그대가 빛으로 살아갈 수 있게
내가 어둠이 될테요

빈센트 반 고흐
—————
임강유

올리브 밭 풍경 / 빈센트 반 고흐 / 1889.

그럴 때가 있다

파도치지 않아도 바다인 걸 알았을 때
나의 마음은 무뎌졌다

오르지 않아도 산이란 걸 알았을 때
나의 마음은 무너졌다

넌 참 모르겠더라
날씨는 기상청이 알려주는데

너는 누가 알려주는지
알아도 알 수가 없다
몰라도 모를 수 없다

그럴 때가 있다.

빈센트 반 고흐

임강유

샌트 마리 바다위에 보트 / 빈센트 반 고흐 / 1888.

고흐가 지중해의 실경을 보고 그린 작품이다.
선명한 파란색과 흰색의 대비가 주조를 이룬 작품이다.

피우리라

바람이 불어 씨앗이 날리우고
씨앗이 날리어 대지의 품속으로

슬픔 있기에 기쁨 있고
슬픈 나날에서 기쁜 날의
자화상이 드리웠다

오차 없이 부는 바람에
기쁨이 날리운다

단단하고 큰 대지가 되어
기쁨을 품어 꽃을 피우리라.

빈센트 반 고흐
임강유

꽃핀 아몬드나무 / 빈센트 반 고흐 / 1888.

여행

인생이라는 여행을 시작한다
끝이 정해진 자의 뒷모습에서 설레임을 보았다
그 설레임 속에는 도전 노력 여정이라는
정답이 녹아있었고, 그 속에서 헤매는 누군가 서있었다
끝내 끝을 향해 여정을 떠나는 모습이
웅덩이에 반영되어 나타나는 삶의 현상과도 같았다.

빈센트 반 고흐
임강유

우편배달부 조셉룰랭의 초상 / 빈센트 반 고흐 / 1889.

고흐가 일본 판화에 매료되었을 때 그린 작품이다.
작품 속 배달부는 술집에서 자주 만날 수 있던 룰랭이었기에 황달기 있는 피부와
술기운이 올라와 있는 모습이 그대로 표현되어 있다.

비
치
다

내 마음 호수처럼 찰랑이고
잔잔한 파도가 되어 소리친다

파도 위로 낮게 날아가는 새
그 새를 올려다보며
힘찬 날갯짓을 물에 비춰본다

잠시나마 새가 되어
날아 본 파도는 오늘도
소리 없는 파도가 되어

잔잔히 찰랑인다.

빈센트 반 고흐

임강유

꽃이 핀 과수원 / 빈센트 반 고흐 / 1888.

생각혜는 밤

비춰지는 모습을 헤아려본다
상대적인 평가로 형상을 헤아린다

얼굴에 뭐가 묻어도 괜찮소
구멍 난 양말을 신어도 괜찮소
그 누가 뭐라해도 괜찮소
속은 그렇지 않으니 괜찮소

생각을 들판에 풀어놓으니
한 줄기 갈대가 되었다
누군가 뭐라해도 중심잡아
제자리로 찾을 수 있게
살아가는 레시피를 별을 보며
생각 헤는 밤 이었다.

빈센트 반 고흐
임강유

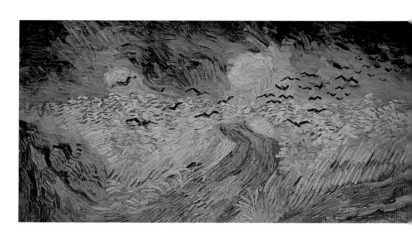

까마귀가 있는 밀밭 / 빈센트 반 고흐 / 1890.

정신병원에 있던 고흐가 미래에 대한
공포와 현실의 차이에서 오는 괴로움을
표현한 작품인 듯 하다.

우
리
가
별
이
된
다
면

달사선 밑에는 작은 별 하나 자리 잡고
그 90도 아래에는 별이 되려는 누군가 있다

별 빛 내려앉은 작은 마당에서
상념에 젖은 고양이 그리고 한 청년
앉아서 한숨 섞인 연기를 내뿜는다

별과 같은 물질로 이루어진 우리는
언제나 밝은 별로 자리 잡길 기다린다

만약
우리가 별이 된다면
주위를 밝히는 작은 불빛이 되기를

작은 불빛이 모여 큰 달을 이루고 싶다
우리가 별이 된다면..

빈센트 반 고흐

임강유

포플러 가로수 길 / 빈센트 반 고흐 / 1885.

후회 없는 하루

밝은 달이 피어난 밤
뜨겁던 태양은 가라앉았다

낮과 밤이 교차한 지금
더움과 시원함이 공조할 때
비로소 살아났다 죽어갔다

오늘은 왜 이리 뜨거운지
오늘은 왜 이리 차가운지
교차하는 온도차에
서서히 식어간다

내일 죽어도 후회 없는 오늘은
살다보니 지나갔다.

빈센트 반 고흐
———
임강유

씨 뿌리는 사람 / 빈센트 반 고흐 / 1889.

밀레의 <씨 뿌리는 사람>에 영감을 받아 그린 작품이다.

가
족

홀로에서 둘로
각자에서 서로
서로에서 하나로
그렇게 가족이 되었다

우리가 만나 부부가 되었고
사랑스런 아이가 태어났다

나의 사랑, 나를 사랑해주오
내 사랑, 그대를 사랑하오
우리 함께 잘 살아보오
부유치 않아도 행복하게
오래 오래 그렇게 같이 사오.

빈센트 반 고흐
————
임강유

양치는 여인 / 빈센트 반 고흐 / 1889.

목
적
지

바람 분다면
내 그대에게 향하리라

비가 온다면
내 그대에게 달려가리라

때가 된다면
내 그대에게 거하리라

그렇게
향하고 향해
끝내, 그대 앞에 서 있으리라.

빈센트 반 고흐

임강유

작약과 장미가 꽂혀있는 꽃병 / 빈센트 반 고흐 / 1886.
고흐는 그림을 그릴 모델을 구하지 못할 때 꽃 그림을 즐겨 그렸다.

시
서
화

뿌리 깊은 나무에선
언젠가 빛이 발하는
나무가 자라나고

빛을 받은 나무는
무성한 풀을 생성한다

유서 깊은 마음 한켠에
달 빛 비추니
밤하늘이 완성 되었다

까만 밤하늘에도
꽃이 피는 이유를 물으니

꽃이 눈을 감았을 뿐이라네.

빈센트 반 고흐
———
임강유

붓꽃이 있는 아를 풍경 / 빈센트 반 고흐 / 1888.

구름의 속

흩뿌리는 비바람에
작은 숨결 느껴지네

구멍 뚫린 하늘마저
무지개 빛 피어나네

바라본 하늘에는
빨주노초파남보 만이
하늘을 물들이고 있을 뿐 이었네

하늘에는
생채기 흉터 남아있고
메워진 구름만이 답답하다 천둥치네.

빈센트 반 고흐
임강유

공공정원 / 빈센트 반 고흐 / 1888. '시인의 정원' 연작 중 세 번째 작품으로 이 작품에서는 공원을 거니는 남녀를 표현했다.

해
와
달

해와 같이 시작을 하고
달이 떠있는 시각에서야
하루를 끝마침 할 수 있었다

항간에 떠도는 이야기
주위에 묻어나는 담소 소리
찰랑이는 저수지 물살만이
멈춰있는 나를 일깨워 주었다

오직 달만이 알 수 있는 이야기
달빛따라 비춰진 곳곳에
소문이 되어 속삭여온다

달이지고 보이는 곳마다
새겨지는 그림자들이
나의 마음을 대변하고

빈센트 반 고흐
—
임강유

해가 뜨니

순식간에 사라지어

또 다시 달이 뜨기를 대기한다

그림자가 마음을 대변해주기에.

삼나무가 있는 밀밭 / 빈센트 반 고흐 / 1889.

고흐가 그린 작품 중에서 가장 명석한 작품이라고 부른 그림이다.

어두운 날이 빛났다

태양이 멀찌감치 떠나간다
나의 왼쪽 얼굴을 빛내주던
태양이 이내 오른쪽을 거쳐
시야에서 사라진다

달이라는 차선책이 나타났지만
해의 빈자리를 채워 줄 만큼
빛나지는 않았다

한편의 빛을 갈망하던 날에
혼자서 빛날 수 있게
도와주던 별들도
서서히 희미해져가고

빈센트 반 고흐
———
임강유

빛이 어둠이 되고
어둠이 빛이 되는 날들이
기다렸다는 듯이
나의 하루 하루에 함께했다

내가 빛날 수 있게끔.

폭풍이 몰아치려는 듯한 해질녘의 농가와 사이프러스 /
빈센트 반 고흐 / 1890.

낙
화

내가 낙엽이라면
단풍일 땐 그 누구보다 빛났다

지쳐 힘들 땐
낙엽이 되어 낙화하고 싶다

마음잡고
다시 단풍이 될 수 있게끔

빈센트 반 고흐
⎯⎯⎯⎯
임강유

나무줄기 / 빈센트 반 고흐 / 1890.

검은 아스팔트

비가 쏟아지며 튄 자국들이
아스팔트를 더욱 검게 만들었다

하늘에서 버린 물이
비라고 생각하니

아스팔트가
검게 그을린 이유가 슬퍼졌다.

빈센트 반 고흐
임강유

파이프를 물고 있는 자화상 / 빈센트 반 고흐 / 1886.

저물다

이 밤 이리 긴데
나의 맘은 저물었다

이 새벽,
차디찬 안개만이
살아있는 것들을
이슬로 적시고 있다

이 밤 이리 긴데
나의 맘 저물어가고
밤색에 물든 듯
서서히 어두워진다

이 밤 지나가고
저문 맘 다시 피어난들
이 밤 이리 기니
또한 길게 저물었다.

빈센트 반 고흐
임강유

아를 풍경 / 빈센트 반 고흐 / 1889.

낮과 밤

이 별이 사라지는
아침이 오면

너와 나,
영영 볼 수 없는
낮과 밤이 되겠지.

빈센트 반 고흐

임강유

라일락 / 빈센트 반 고흐 / 1887.

발
자
국

한 겨울
꽃 피던 들판도
눈으로 뒤덮이고

발자국만이
내 뒤를 졸졸 따라옵니다

아마도 추운 날
내가 걱정되어

내 뒤를 졸졸 따랐나봅니다

빈센트 반 고흐
———
임강유

꽃핀 복숭아나무 / 빈센트 반 고흐 / 1888.

그저 그런 기억

그리워요
보고싶어서

그리움 지나
추억이 된다한들
무슨 소용 있겠어요

그대에게 나는
그냥 기억 일 뿐인데

살다보니 알게 된
그저 그런 기억

빈센트 반 고흐
———
임강유

꽃이 핀 정원 / 빈센트 반 고흐 / 1888.

빛을 품다

가로등 불 빛 아래
수많은 벌레를 품다

빛을 품는 현상이
열을 뿜는 현상이
아닐 수 없다

빛과 열기를 찾아 온
사람에게는 희망과
소망이 공존하기에

오늘도
품고 뿜어본다
누군가를 위해서

빈센트 반 고흐

임강유

정신병원 앞의 나무 / 빈센트 반 고흐 / 1889. 정신병원에서 폐쇄된 채 둘러싸인
상태, 그 둘러싸인 속에서 고흐 자신의
타오르는 마음을 담은 작품으로 보인다.

새로운 계절

차가운 바람이
가을 문턱을 지나간다

여름이란 따뜻함이
이내 차가워지고

낮에만 존재하던 그대는
밤이 된 지금 볼 수 없었다

따뜻한 낮에 쬐는 태양보다
밤에 뜨는 별이 좋아진 까닭은

나에게 새로운 계절이
찾아와서겠지.

빈센트 반 고흐
임강유

길게 자란 풀과 나비 / 빈센트 반 고흐 / 1890.

겨울이 오다

그대가 있어
따뜻했던 시간이

그대 사라진 지금
가을로 다가옵니다

뜨거웠던 햇빛이
쌀쌀한 날씨가 되어

내 마음도
서서히 식어갑니다

그대 없는 지금
겨울이 오려나봅니다.

빈센트 반 고흐
──────
임강유

몽마르트르의 오솔길 / 빈센트 반 고흐 / 1886.

잎
사
귀

그립다 말했는데
보고싶다 답했다

내 마음 속 깊은 곳
어딘가에 자리 잡은
하나는 두개의 질문을 던졌고,

끝으로 그리웠다 말했다

서서히
사라지는 담배처럼

한숨 내 쉴 때마다
점점 사라져
손가락에 걸쳐졌다

내가 놓으면
떨어지는 잎사귀처럼.

빈센트 반 고흐
———
임강유

사이프러스 나무가 있는 초록빛 밀밭 / 빈센트 반 고흐 / 1889.

고흐가 사이프러스 나무를 보고 이집트 뾰족탑처럼 균형 잡힌 아름다운 나무다.
라고 동생 테오에게 편지를 보내고 그린 그림이다.

등대

너무나 많은
공을 들여서일까

수평선 가까이
다가선다

너와 난 같은 곳을
바라보는 등대 였었지

하물며 누가 봐도
우린 우리였으니까

같은 곳을 바라보던
지난밤들이

누가 봐도 당연하고
누가 봐도 빛났음을
알 수 있다

빈센트 반 고흐
———
임강유

지금 보아도 빛나는

등대였으니까.

유리잔에서 꽃핀 아몬드 꽃 / 빈센트 반 고흐 / 1888.

투명한 마음

그대 속마음이 비쳐
나에게 보인다면
얼마나 좋을까

나의 속마음이
그대에게 보인다면
얼마나 좋을까

나에게 그댄
비춰졌으면 하는 바램이고

그대에게 나는
알아줬으면 하는 마음이겠지.

빈센트 반 고흐

임강유

자화상 / 빈센트 반 고흐 / 1889.

비
오
는

날

비오는 날
그대도 같이 왔으면 좋겠어요

비 오는 날이
기분 좋은 날이
될 수 있게요.

빈센트 반 고흐

임강유

비 온 뒤 오베르의 풍경 / 빈센트 반 고흐 / 1890.

우울증에 시달리던 고흐가 동생 테오와 가까운 곳으로 이사를 갔다.
이 시기 반고흐의 작품들은 혼란스러운 영혼을 달래고자 하는 강인한 노력과 함께
정신적인 평온함 마저도 보여주고 있다.

별
똥
별

반짝 빛났다
사라지는 너지만,

사라지는 게 아닌
숨어든 것 뿐이라고
말해주고 싶다

다시금,
번쩍 나타나게

그래서
많은 사람들에게
소원을 이뤄주게끔.

빈센트 반 고흐
———
임강유

흐린 하늘을 배경으로 한 밀밭 / 빈센트 반 고흐 / 1890.

지나간 바람

흐린 달빛 사이로
비치는 무언가
살그머니 시야에 든다

이맘때쯤이면
늘 불어오던 바람도
오늘따라 달빛처럼
흐린 바람만이 다가온다

흘러간 뒤에야 깨달은 사실은
달빛은 매우 빛났고
바람은 몹시 불었다는 것
그때는 그걸 알지 못했다는 것 이였다.

빈센트 반 고흐

임강유

오베르 부근의 풍경 / 빈센트 반 고흐 / 1890.

울어도 슬프지 아니한 날

마당 한 구석
슬피 우는 귀뚜라미

울음소리 듣다보니
느껴지네 서러움이

나도 따라 울어보니
서글픔이 밀려오네

찰나 지나가니
울어도 슬프지 않은 날 이였네.

빈센트 반 고흐
———
임강유

밤의 프로방스 시골길 / 빈센트 반 고흐 / 1890.

그림에는 하얀 말에 끌리는 노란 수레 한 대와 그 앞을 산보하는 두 나그네.
굉장히 로맨틱한 분위기의 작품이다.

바
텐
더

내가 나를 너에게
네가 너를 나에게

늘 그래왔듯이
부족한 하나 하나가 모여
우리가 되는 다리가 됐을까

서로의 빈 잔을 채워주는
바텐더가 되어
가득 채워주고 싶다

그게 무엇이든
채워 줄 수만 있다면.

빈센트 반 고흐
———
임강유

몽마르트르 언덕의 전망대 / 빈센트 반 고흐 / 1886.

"몽마르트르"언덕은 속세의 형식적인 삶을 거부하고 진정한 자유를 꿈꾸던 예술가들의
고향으로 현재도 낭만이 가득한 장소로 알려진 곳이다.

눈 속에서 핀 설화

숲을 향해 걸어갔다
소나무 향 풍겨오고
숲에 이로움이 느끼어졌다

무성한 풀들 사이
날아다니는 벌들 아래로 꽃이 피었다

그 꽃 가령, 그대와도 같고
설령 시간지나 사라진다한들
그 자리 그대로 여운만이 감도는구나

눈이 수북이 쌓인 어느 날
내 마음에도,
그대라는 꽃이 피었다.

빈센트 반 고흐
———
임강유

붓꽃 / 빈센트 반 고흐 / 1889.

붓꽃은 반 고흐가 특히 좋아하던 꽃이였다.
고흐가 좋아하는 붓꽃을 표현하여 그린 작품이다.

구름색칠

새까만 밤하늘에
그림을 그리다

달도 그리어 넣어놓고
아쉬운지 별도 그리어본다

오늘따라
구름은 왜 이렇게 처량한지
구름에도 색을 칠해준다

먹구름 되어
비라도 쏟으라고
구름에 그림을 그린다.

빈센트 반 고흐
임강유

사이프러스 나무 / 빈센트 반 고흐 / 1889.

고흐가 "해바라기" 작품처럼 시도해본 적 없는
새로운 방식으로 그린 그림이다.

외
딴
길

별 따라가는 별 길
나무사이로 비치는 달 빛

윗마을에서 내려다 본 아랫마을
한치 앞을 볼 수 없는 안개 속
그 속에 그림자
그리운 그 남자

큰길가 옆에 두고
외딴길로 들어가네

앞만 보며 가려기에.

빈센트 반 고흐

임강유

공원의 가로수 길 / 빈센트 반 고흐 / 1888.

태양을 삼키다

차창너머 보이는
넓고 푸르른 들판을 바라보면
나의 맘도 푸르러지는 듯 하고

그 뒤로 보이는
우뚝 솟은 산봉우리가
나의 맘을 대변해주는 듯하다

후회스런 하루의 끝이 가고
노을과 함께 한 없이 뜨겁던 태양을
높이 솟은 산이 집어 삼켜 버렸다

후회스런 하루가 지나가니
나의 맘엔 후회 따윈
남아 있질 않았다.

빈센트 반 고흐
———
임강유

아를의 여름저녁 / 빈센트 반 고흐 / 1888.

향수

향수 같은 사람이고 싶어요
향수 같은 향기이고 싶어요

안 맞을 순 있지만
향수는 누가 맡아도
향기인걸요.

빈센트 반 고흐
———
임강유

오베르쉬르 우아즈 정원안의 가셰 양 / 빈센트 반 고흐 / 1890.

집 안, 정원을 배경으로 정신과 주치의인 가셰 박사의 딸 마르게리트를 그린 작품이다.

백운 [白雲]

구름이 빠르게 지나가오
내 고민 들고 가주오
내 걱정 들고 가주오

나와 멀리 떨어진 곳
아무데나 버려주오

내가 다시 찾을 수 없게
내 등 뒤에 버려도
나만 모르게 해주오

다신,
마주치기 싫은 피로들이니.

빈센트 반 고흐
ㅡㅡㅡ
임강유

종달새가 있는 밀밭 / 빈센트 반 고흐 / 1887.

고흐가 파리에 머무르는 동안 그렸으며, 봄과 같은 온화한 느낌을 준다.
줄기는 푸르고 하늘은 은은한 색조를 띠며 날아오르는 종달새에게서
봄과 같은 희망을 느껴 그린 작품이다.

희
생

타들어가며 주위를 밝히는 모닥불

한 줌에 재가 되는지도 모르고
불 속으로 달려드는 불나방

그 모습을 지켜보는 또 다른 불나방
사랑하는 이에 고통을 바라보다
끝내 죽기를 바라는 안타까움
아무것도 할 수 없는 무기력함

바라보며 타들어 간 내 마음은
그을러서 그리워 할 수가 없다

죄를 지은 것 같기에.

빈센트 반 고흐

임강유

아를의 눈 덮인 들판 / 빈센트 반 고흐 / 1888.

선홍빛 하늘

선홍빛 감도는 석양이 지고 있다
언제나 내 맘 같았던 색이
이제는 빛이 바래 검게 물 들어버린다

늘 상 있는 일상이라는 선홍빛에
나의 생각과 마음에 색을 입혀본다

새도 아쉬운지 점점 물이 들어가는
검은 하늘을 따라 저 멀리 사라지고
백운산 뒤로 숨어버린 태양만이
아쉬움 가득 차 바라보는 나에게 인사를 건네어준다

완벽히 검은 날의 밤에
지나간 선홍빛을 배웅해주었다.

빈센트 반 고흐
———
임강유

삽을 든 남자가 있는 파리 교외풍경 / 빈센트 반 고흐 / 1887.

빈센트 반 고흐

네덜란드의 후기 인상주의 화가다. 초기
작품은 어두운 색조의 작품이었고, 후기
작품은 표현주의의 경향을 보였다. 반 고
흐의 작품은 20세기 미술운동인 야수주
의와 독일 표현주의가 발전할 수 있는 토
대를 제공했으며, 그의 대표작으로는《자화상》,《빈센트의 방》,《별이
빛나는 밤》,《밤의 카페》,《삼(杉) 나무와 별이 있는 길》등이 유명하
다. 그는 짧은 생애를 살았지만, 21세기 가장 위대한 미술가 중 한
명으로 남았다.

우리가 시간이 없지, 시가 없냐?

발행	2020년 2월 20일 초판
저자	(시인) 문정, 임강유
	(화가) 빈센트 반 고흐, 클로드 모네
디자인	현유주
발행인	권호
발행처	뮤즈(MUSE)
출판등록	국립중앙도서관
연락처	muse@socialvalue.kr
홈페이지	http://www.뮤즈.net

ⓒ 2020 문정, 임강유

ISBN 979-11-967670-0-6 03800
값 15,000원

이 도서의 국립중앙도서관 출판예정도서목록(CIP)은 서지정보유
통지원시스템 홈페이지(http://seoji.nl.go.kr)와 국가자료종합목
록 구축시스템(http://kolis-net.nl.go.kr)에서 이용하실 수 있습
니다. (CIP제어번호 : CIP2020005585)